Catalogage avant publication de Bibliothèque et Archives nationales du Québec et Bibliothèque et Archives Canada

McAuley, Rowan

    Soirée de filles

    (Go girl!)

    Traduction de : Slumber Party

    Pour les jeunes.

    ISBN 978-2-7625-9343-3

    I. Dixon, Sonia. II. Ménard, Valérie. III. Titre. IV. Collection : Go girl!.

Slumber Party de la collection GO GIRL!

Copyright du texte © 2006 Rowan McAuley

Maquette et illustrations © 2006 Hardie Grant Egmont

Le droit moral de l'auteur est ici reconnu et exprimé.

Version française

© Les éditions Héritage inc. 2011

Traduction de Valérie Ménard

Révision de Audrey Brossard

Infographie : D.sim.al/Danielle Dugal

Nous reconnaissons l'aide financière du gouvernement du Canada par l'entremise du Fonds du livre du Canada (FLC) pour nos activités d'édition.

Nous reconnaissons l'aide financière du gouvernement du Québec par l'entremise du Programme de crédit d'impôt pour l'édition de livres – SODEC.

Soirée de filles

PAR
ROWAN McAULEY

TRADUCTION DE VALÉRIE MÉNARD
RÉVISION DE AUDREY BROSSARD

ILLUSTRATIONS DE
SONIA DIXON

INFOGRAPHIE DE DANIELLE DUGAL

Chapitre

* un

Cela fait une éternité qu'Olivia attend en file devant la cantine pour acheter son lunch. Quand elle parvient finalement à se procurer son pâté aux légumes et à traverser la foule d'enfants, la cloche est sur le point de sonner, et elle ne voit Rosalie nulle part.

Elle prend une bouchée de son pâté en parcourant la cour de récréation des yeux, puis elle reprend son souffle. Aïe! C'est chaud!

Sa bouche sent encore le chaud lorsqu'elle aperçoit enfin Rosalie bavarder avec Isabelle de l'autre côté des terrains de handball. Jade, Aurélie et Zoé sont là aussi. Elles se sont regroupées et ont la tête penchée, comme si Isabelle était en train de leur révéler un secret.

Que se passe-t-il ? se demande Olivia en soufflant sur son pâté pour le refroidir.

Elle commence à marcher dans leur direction, en prenant une démarche décontractée pour faire comme si cela ne la dérangeait pas qu'elles bavardent en son absence. Elle mange son pâté en chemin, en tentant de trouver une façon de le terminer rapidement sans se brûler à nouveau.

Tandis qu'elle se rapproche, elle entend Isabelle dire :

— Mais vous ne devez le dire à personne. Ça doit rester entre nous, d'accord?

Olivia s'immobilise et se concentre sur son pâté. Il ne lui semble soudainement plus aussi appétissant, mais elle continue à le picorer comme s'il s'agissait de la chose la plus intéressante de l'univers.

Avec un peu de chance, Isabelle ne se doutera pas qu'Olivia l'a entendue.

Isabelle est nouvelle à l'école, et Olivia se sent parfois mal à l'aise en sa présence. Notamment parce qu'Isabelle a été très méchante à son arrivée. Bien qu'elle soit maintenant gentille, Olivia ne veut pas qu'Isabelle s'imagine qu'elle les espionnait.

Plus tard, elle pourrait peut-être demander à Rosalie ce qu'elles se chuchotaient.

Ou bien, elle pourrait tout simplement s'en aller et faire comme si elle n'avait rien entendu. Et, si Rosalie lui en parle, elle n'aura qu'à répondre :

— Sincèrement, ne t'en fais pas. Je ne veux pas savoir.

Ou peut-être bien.

Elle se demande ce qu'elle devrait faire lorsque la cloche sonne.

Isabelle et les autres lèvent la tête.

— OK, dit Isabelle. Mais souvenez-vous...

— Oui, oui, répond Rosalie. C'est *top secret*.

— Bien.

Isabelle retourne en classe. Lorsqu'elle passe à côté d'Olivia, elle lui fait un clin d'œil.

Olivia est réellement perplexe.

Est-ce qu'Isabelle sait qu'elle l'a entendue ? Que signifie ce clin d'œil ?

Jade, Aurélie et Zoé passent ensuite près d'elle.

— Salut Olivia, s'exclament-elles en marchant.

Elles agissent normalement, mais Olivia remarque quelque chose de différent dans leur façon de sourire. C'est un peu déconcertant.

Vient enfin Rosalie. Tout le monde est à présent rentré en classe, mais Rosalie reste derrière et marche très lentement aux côtés d'Olivia.

— Hé, marmonne-t-elle. Devine quoi ?

— Ne me le dis pas, répond Olivia, ayant décidé de prôner l'indifférence. C'est un secret. J'ai entendu.

— Oh, chut, lui ordonne Rosalie. Écoute-moi. Nous avons attendu que tu reviennes, mais tu as tellement tardé qu'Isabelle craignait ne pas avoir le temps de nous le dire avant la fin du dîner. Et c'est ce qui est presque arrivé. Mais regarde —

Elle remet une enveloppe rose à Olivia. Elle est scellée avec un autocollant en forme de fleur au verso, et il est écrit *Olivia* au recto.

— Oh, dit Olivia en commençant à ouvrir l'enveloppe sur-le-champ.

— Pas maintenant, chuchote Rosalie en cachant l'enveloppe avec sa main. C'est un secret. Isabelle organise une fête pour son anniversaire et elle ne peut inviter que cinq personnes. Sa mère lui a donc demandé de ne pas trop l'ébruiter afin que les autres élèves de la classe ne se sentent pas rejetés.

— Oh, c'est vrai ?

— Dépêchez-vous, les filles! les appelle monsieur Bédard dans l'embrasure de la porte de la classe. Nous n'avons pas tout l'après-midi!

Olivia glisse l'enveloppe dans le devant de son chandail. Cela crée une chaleur et une douceur sur son cœur tandis qu'elle et Rosalie traversent la cour en courant jusqu'à la classe.

Chapitre
deux

Olivia ne peut arrêter de penser du reste de la journée à l'invitation d'Isabelle. Elle l'a sortie discrètement de son chandail et l'a insérée dans son agenda. Chaque fois que monsieur Bédard leur demande de noter un devoir, elle voit l'enveloppe et trépigne d'impatience.

Pendant le trajet d'autobus du retour, Olivia fait semblant de sourire et de s'intéresser aux conversations des autres enfants,

mais en réalité elle compte le nombre d'ar-
rêts qui la séparent de la maison.

Quand elle arrive à son arrêt, elle prend
à peine le temps de saluer les autres
enfants. Elle enjambe l'escalier d'un bond,
atterrit sur le trottoir et se précipite chez
elle.

En rentrant, elle se dirige directement dans sa chambre et s'assoit à son bureau. Elle sort l'invitation de son sac, puis elle se redresse et la regarde pendant quelques minutes.

Elle souhaite être dans le bon état d'esprit quand elle l'ouvrira.

Elle prend une grande respiration, sort ses ciseaux et déchire délicatement le rabat supérieur.

Une fois l'enveloppe ouverte, le carton d'invitation dégage une odeur sucrée de fraise. Puis, lorsqu'Olivia le tire de l'enveloppe, une pluie de brillants se met à tomber.

Les petites étoiles roses et argentées brillent et scintillent sur la surface de son bureau tandis qu'Olivia lit :

Chère Olivia,

C'est ma fête !
Je t'invite à ma soirée
de filles, le samedi 15, à 16 h.
Apporte ton pyjama, un sac
de couchage et un oreiller.
Nous déjeunerons le lendemain,
puis tes parents pourront
passer te prendre à 10 h.
J'espère que tu pourras venir !

❤ Isabelle.

R.S.V.P.
avant vendredi.

Une soirée de filles ! pense Olivia.

Une fête normale est déjà amusante, mais une soirée de filles ? C'est encore plus excitant qu'Olivia ne se l'était imaginé. Une nuit complète avec ses amies, et le déjeuner aussi !

Olivia a déjà dormi chez Rosalie, bien sûr, mais elle n'a jamais assisté à une véritable soirée de filles.

Elle approche l'invitation de son visage et respire l'odeur de fraise. Elle est impatiente de le dire à sa mère ! Ou mieux encore...

Elle accourt dans la chambre de sa mère et allume l'ordinateur.

— Allez, dépêche, s'impatiente-t-elle pendant qu'il vrombit et gronde.

Sa mère a finalement fait installer Internet, et malgré qu'Olivia soit supposée s'en servir majoritairement pour ses devoirs, elle préfère de loin clavarder avec ses amies. C'est bien plus amusant que de parler au téléphone !

Non seulement Olivia peut discuter avec plus d'une amie à la fois, mais elle n'a

jamais à se préoccuper de ses parents autoritaires ou de ses frères aînés impolis qui décrochent le combiné pendant qu'elle parle.

De plus, elle se sent parfois gênée ou nerveuse au téléphone, comme si elle ne savait pas trop quoi dire. Elle se sent même un peu étrange avec Rosalie, mais pas autant qu'avec les autres, puisque Rosalie parle suffisamment pour deux.

C'est par contre facile de bavarder sur Internet. Lorsqu'elle tape, elle peut écrire toutes les absurdités qui lui passent par la tête, et elles finissent toujours par être plus drôles que si elle les avait dites.

Elle regarde par la fenêtre pendant que l'ordinateur démarre. Il fait encore clair.

Cela signifie que Rosalie doit être à l'extérieur en train de jouer avec ses frères ou de faire de la planche à roulettes. Normalement, elle ne rentre chez elle qu'à la noirceur. Mais elle espère qu'une autre fille sera en ligne.

L'ordinateur émet un son enjoué, ce qui signifie qu'il est prêt à être utilisé. Puis, Olivia se connecte.

Chapitre trois

Isabelle est déjà en ligne, ainsi que Jade, Aurélie et Zoé. Olivia suppose que ce sont les autres filles qui seront à la fête — en effet, elles ont assisté à la réunion secrète qui a eu lieu dans la cour de récréation avec Rosalie — mais Olivia ne tente pas sa chance et elle écrit tout d'abord à Isabelle.

Olivia: Salut Isabelle! Merci pour ton invitation. Je serais ravie d'y aller, mais je dois attendre que ma 👩 rentre à la 🏠 avant 2 pouvoir confirmer ma présence.

Isabelle répond sur-le-champ:

Miss Isa: Te voilà! Ça fait une éternité que nous t'attendons! Jade, Aurélie et Zoé 📟 avec moi. Nous discutons de ma soirée de filles!!! 😄

Une petite icône apparaît, invitant Olivia à se joindre au groupe de clavardage. Elle clique dessus.

Olivia: Salut les filles! J'aurais aimé avoir le temps 2

parler avec vous aujourd'hui. J'ai tellement hâte à la fête!!!

ZoZo: Salut Olivia! C'est génial, non? Nous nous obstinons à savoir quel 🎬 nous pourrions regarder chez Isa. Je veux quelque chose d'effrayant 👹, mais les autres préfèrent un film romantique 🖤 — bisous, bisous — beurk! :-p Je sais que Rosalie et toi serez de mon côté.

Aurélie: Tu peux bien parler, Zoé. Toi, tu veux regarder un film avec du SANG et des VAM-PIRES 👻! Dégoûtant!

Miss Isa: Hé - salut? C'est ma fête, vous vous souvenez? N'ai-je pas aussi un droit 2 vote?

Olivia rit et commence à taper sur le clavier aussi vite qu'elle le peut. Puis, l'icône de Rosalie se met à clignoter sur l'écran, et tout le groupe est finalement en ligne. C'est maintenant des potins pour vrai !

Pendant leur discussion, Jade leur confirme qu'elle peut aller à la fête, mais qu'elle ne pourra pas rester dormir puisqu'elle doit passer la fin de semaine avec son père.

Zoé dit qu'elle dormira chez Isabelle, mais qu'elle devra les quitter avant le déjeuner.

Tout le monde s'entend pour dire que ce sera une fête inoubliable. Puis, Olivia entend sa mère rentrer du travail.

— Salut ma chérie, crie sa mère de la porte d'entrée, en faisant cliqueter ses clés et en se débattant avec des sacs d'épicerie. Comment s'est passée ta journée?

— Super! répond Olivia, en se dépêchant d'écrire « Bye, les filles! » avant de se déconnecter et d'aller aider sa mère.

— Tant que ça ? Viens me raconter pendant que je prépare le souper.

Olivia se rend dans la cuisine et lui explique tout à propos de sa soirée de filles pendant qu'elles déballent les sacs d'épicerie.

— Une soirée de filles ! Et quand aura-t-elle lieu ?

— Pas ce samedi-ci, mais le suivant. Regarde — voici l'invitation.

— Voyons voir… le 15… oh, c'est parfait. Sarah, ma collègue de travail, m'a proposé d'aller au cinéma avec elle ce soir-là. Maintenant je suis libre.

— Alors je peux y aller ?

— Veux-tu y aller ? demande sa mère.

Elle ne s'attendait pas à cette question.

— Bien sûr que oui !

— Ce sera très différent de chez Rosalie, tu sais ?

— Ouais, mais Rosalie y sera. Et en plus, Isabelle n'a invité que cinq personnes de l'école, alors il est hors de question que je rate cela.

— Bien, parfait. Je vais lancer la cuisson du risotto, puis je vais téléphoner à la mère d'Isabelle pour lui confirmer ta présence.

Chapitre quatre

Le lendemain, à l'école, bien qu'elles ne soient pas censées parler de la fête, Olivia a de la difficulté à garder le silence.

Isabelle a dit à Olivia qu'il était important de ne rien dire à propos de la fête.

— Je me sentirais mal que les autres croient que je ne les aime pas simplement parce que je ne les ai pas invités, lui a-t-elle expliqué.

Olivia lui a donné sa parole. Mais ça ne fera pas de tort d'en toucher un mot à Rosalie, non?

Pendant la récréation, tandis qu'Audrey et Lydia font l'éloge d'un nouveau jeu vidéo qu'a reçu leur cousin, Olivia ne peut s'empêcher de donner un coup de coude à Rosalie et de lui murmurer :

— As-tu une idée de ce que voudrait Isabelle pour sa fête ?

Elle ignore que Jade est juste derrière elles jusqu'à ce qu'elle se penche et dise :

— Psitt ! Vous n'êtes pas censées en parler, vous vous souvenez ?

Olivia sursaute et se sent très coupable.

— Oh, je sais, c'est juste que...

— Je sais, répond Jade. Je ne sais pas quoi lui offrir non plus.

Puis soudain, sans trop s'en être rendues compte, les trois filles discutent à propos de la fête — ce qu'elles vont manger, à quoi ressemble la maison d'Isabelle (seules Zoé et Aurélie y sont déjà allées), ainsi que sa chambre, si ses parents leur permettront de rester éveillées toute la nuit, ou non...

Elles sont si absorbées par leur conversation qu'elles ne remarquent la présence de Coralie qu'au moment où celle-ci s'assoit à côté d'elles et leur dit:

— De quoi parlez-vous, les filles?

— Oh !

Olivia a des remords.

Ça fait *deux* fois qu'elle se fait surprendre. Mais cette fois-ci, il s'agit exactement de ce que redoutait Isabelle — qu'une fille qui n'est pas invitée pose des questions à propos de la fête.

Que va répondre Olivia ?

Heureusement que Rosalie est là.

— Salut Coralie, dit-elle d'une voix mielleuse. Hé, savais-tu qu'Oscar et Félix avaient l'intention d'espionner dans la salle de bains des filles pendant l'heure du dîner ? Nous comptons nous y rendre avant eux et les prendre au piège. Viens-tu avec nous ?

— Quoi ? s'exclame Coralie. Ces gars-là sont fichus ! Dites-moi votre plan.

Olivia lance un regard de biais à Jade qui signifie «Ouf!» Elle ignore comment Rosalie s'y est prise, mais il s'en est fallu de peu. Elle espère qu'Isabelle ne découvrira pas qu'elles ont failli dévoiler son secret.

Une fois que la cloche a sonné et que Coralie est partie rejoindre Audrey, Lydia et les autres pour leur dévoiler le plan d'embuscade, Rosalie se tourne vers Olivia et Jade et les regarde d'un air alarmé.

— OK, lance-t-elle. Nous devons absolument cesser de parler de la fête à l'école. D'accord?

— D'accord, convient Jade.

— Oh, oui, répond Olivia en hochant la tête. C'est beaucoup trop stressant.

— Ouais, ajoute Rosalie. Et en plus, je dois trouver une façon de convaincre Oscar et Félix que c'est une bonne idée d'aller espionner dans la salle de bains des filles. Sinon, qui allons-nous surprendre?

Bien que ce soit difficile, elles réussissent à éviter de parler de la fête. Mais monsieur Bédard passe près de bousiller leur secret.

Vendredi, le dernier jour d'école avant la fête, la mère d'Isabelle apporte un gâteau d'anniversaire en classe pour tout le monde.

Après avoir chanté « Bonne fête » à Isabelle, celle-ci souffle ses chandelles et coupe le premier morceau de gâteau. C'est alors que monsieur Bédard dit :

— Isabelle, as-tu organisé une fête?

Olivia fige.

Ils ont deviné !

Mais Isabelle est capable de garder son calme, comme Rosalie, lorsqu'elle le doit.

— Pas vraiment, répond-elle. Juste une petite soirée en famille. Rien d'intéressant.

Puis, elle s'évertue à trouver une façon de couper le gâteau en portions égales. La classe a tellement hâte de recevoir sa part du gâteau que plus personne ne lui pose de questions à propos de la fête.

Il s'en est encore fallu de peu !

Olivia est heureuse que la fête ait lieu demain. Elle ne pourrait pas garder le secret plus longtemps.

Chapitre cinq

Bien que la fête ne commence qu'à seize heures, Olivia fait son sac avant le déjeuner.

Elle prépare sa trousse de toilette, place une taie d'oreiller propre sur son oreiller, prend son sac de couchage dans le haut du placard et choisit deux ensembles de vêtements — un pour la fête de ce soir et l'autre pour rentrer à la maison demain matin.

Son pyjama rose et vert préféré est à la lessive, mais à part cela, elle est prête à partir.

Devrais-je emporter un livre? se demande-t-elle. Et si oui, devrait-elle prendre un livre *cool* et mature ou plutôt le livre qu'elle lit réellement? Les autres vont peut-être penser que *L'arbre de tous les ailleurs* est un peu trop enfantin...

Après avoir terminé son sac, Olivia décide d'emballer le cadeau d'Isabelle.

Olivia se fait du souci à propos de plusieurs choses, mais elle ne s'inquiète pas pour le cadeau. Il est aussi beau et parfait qu'il y a une semaine. Isabelle va l'adorer! Olivia le soulève vers la lumière et le regarde attentivement une dernière fois avant de l'emballer.

Il s'agit d'une boule neigeuse. Elle paraît compacte et lourde dans sa main, mais quand Olivia l'approche de son visage, elle parvient à voir les moindres détails dorés et blancs sur la licorne qui se trouve à l'intérieur — sa longue crinière et sa queue flottante. La licorne semble forte et sauvage cambrée sur ses pattes arrière.

Olivia incline la boule sur le côté, et l'eau à l'intérieur se transforme en une mini-

C'est parfait!

tempête de neige. Elle la dépose sur son coussin de velours rose et regarde les flocons de neige retomber sur la licorne.

Une fois le dernier flocon tombé, elle va chercher du papier d'emballage et du ruban dans une boîte de fournitures dans le couloir. Elle ajoute du ruban jusqu'à ce que le cadeau ressemble à un nuage rose vaporeux. Elle rédige ensuite la carte.

Olivia sourit intérieurement.

Elle a hâte que la fête commence.

Olivia ignore comment elle s'y est prise, mais malgré qu'elle ait passé la journée à se préparer, elle est presque en retard pour la fête d'Isabelle.

À quinze heures trente, son pyjama n'est pas encore sec et sa mère parle à une amie au téléphone comme si de rien n'était. Olivia est sur le point de perdre patience !

Elle va dans sa chambre et vérifie son sac à nouveau (sa mère lui a assuré que le contenu de son sac était suffisant et qu'elle n'allait pas avoir besoin d'un livre).

Elle regarde si le cadeau d'Isabelle est toujours bien emballé et si la carte y est encore accrochée. Elle prend le carton d'invitation sur son babillard et relit l'adresse et le numéro de téléphone d'Isabelle pour la trois centième fois.

Ensuite, il ne lui reste plus qu'à faire les cent pas dans le couloir jusqu'à ce que son pyjama soit sec et que sa mère ait raccroché le téléphone.

Elle en est à son vingtième aller-retour lorsque sa mère crie :

— Le séchage est terminé ! Ton pyjama est propre, sec et peut être placé dans ton sac. Es-tu prête à partir ?

Olivia pousse un gémissement.

— Maman, je suis prête depuis l'heure du dîner. Es-*tu* prête ?

— Dans une minute. Je regarde l'adresse d'Isabelle dans l'annuaire, et nous partons.

Olivia s'efforce de ne pas soupirer ni de rouler les yeux — elle fait réellement un effort — mais tout ça commence à sérieusement l'irriter.

— OK, dit enfin sa mère. J'ai mes clés.
Allons-y !

Chapitre

six

Devant la maison d'Isabelle, Olivia prend une grande respiration avant d'ouvrir la portière de la voiture.

— Ça va, ma chouette ? Viens, je vais t'accompagner jusqu'à la porte.

— Non, maman, ne me fais pas honte ! Je vais bien. Je me prépare, c'est tout.

— OK, répond sa mère, qui ne semble pas convaincue. Et n'oublie pas, je sors avec Sarah ce soir, et je vais rentrer tard. Je ne serai donc pas à la maison si tu as besoin de me téléphoner.

— Je sais, mais ça n'arrivera pas.

— Bien. Mais, je vais avoir mon téléphone cellulaire avec moi, juste au cas où.

— Ça va aller, maman. Je vais bien m'amuser.

— Je sais, tu auras beaucoup de plaisir.

Olivia embrasse sa mère, sort de la voiture et va prendre ses affaires dans le coffre. En plus de son sac, elle a son oreiller, son sac de couchage ainsi que le cadeau d'Isabelle. Elle se demande comment elle va transporter tout ça lorsque sa mère sort de la voiture et s'approche d'elle.

— Tiens, donne-moi ton sac de couchage, dit-elle. Tu ne pourras pas y arriver toute seule.

Le regard d'Olivia s'illumine. Derrière elle, la cour d'Isabelle est longue et abrupte, et sa maison est plutôt cossue. Elle voulait agir en adulte et transporter ses affaires elle-même, mais elle est, en fait, très heureuse que sa mère l'accompagne.

Elles attendent ensemble sur le pas de la porte, puis Olivia prend une autre grande respiration avant de sonner.

Isabelle ouvre la porte sur-le-champ.

— Olivia ! Tu es la première — entre !

— Bonne fête, Isabelle ! Bye, maman.

Olivia regarde à peine derrière elle en entrant. Elle participe à sa première soirée de filles !

C'est génial d'être la première arrivée. Ainsi, Olivia est la première à placer son cadeau sur la table, la première à voir les décorations ainsi que la première à voir l'endroit où elles vont dormir. Elle est également la première à rencontrer Bijou, le chien saucisse d'Isabelle, et Annie, la mère d'Isabelle. Olivia se sent mal à l'aise d'appeler la mère d'Isabelle par son prénom, mais Annie insiste.

— Oh non, pas madame Sinclair. Ça me vieillit! dit-elle. Appelle-moi Annie.

Quant au père d'Isabelle, il est parti en voyage d'affaires.

— C'est à notre avantage, crois-moi, explique Isabelle. Il se lève toujours beaucoup trop tôt, puis il réveille tout le monde et s'attend à ce qu'on soit de bonne humeur.

Olivia commence à se détendre et à être heureuse. C'est comme une soirée pyjama ordinaire! La sonnette retentit au même moment. C'est la mère de Zoé qui l'accompagne ainsi qu'Aurélie. Puis, Jade arrive avec son père avant même que les filles aient déposé leurs sacs.

Soudainement, Olivia passe de seule invitée d'Isabelle à figurante alors que tout le monde s'attroupe autour d'Isabelle pour lui souhaiter bonne fête.

C'est logique, bien sûr.

C'est la fête d'Isabelle et elle est *doit* être le centre d'attraction. Olivia ne sait tout simplement pas comment réagir au milieu d'une foule.

En fait, elle a un peu honte de l'admettre, même à elle-même, mais Olivia se sent un peu malade lorsqu'elle se trouve en présence d'un groupe bruyant.

Non pas malade dans le sens propre du terme. Elle se sent plutôt étourdie et épuisée, comme si elle était sur le point de pleurer sans aucune raison. *C'est bête, puisque la plupart des gens adorent assister à des fêtes, non ?* Particulièrement lorsque tous les invités sont des amis. Eux, ils ne pensent pas *uniquement* à aller prendre l'air dans la cuisine !

Olivia affiche un grand sourire et commence à rire comme les autres. Mais à l'intérieur, elle pense, *Dépêche-toi d'arriver, Rosalie !*

Tout ira mieux lorsque Rosalie sera là.

Chapitre
sept

Isabelle dirige les filles vers la cuisine, puis vers le salon à l'arrière de la maison, où aura lieu la fête.

Des ballons gonflés à l'hélium flottent au plafond, avec de longs rubans qui pendent comme des serpentins. Les lumières sont éteintes et la pièce est éclairée par des guirlandes électriques et — elles en ont le souffle coupé — par une boule miroir qui tourne lentement et qui répand des faisceaux lumineux sur les murs.

Et il y a une longue table contre le mur sur laquelle sont disposés des croustilles, des trempettes, des petites boulettes de viande sur des cure-dents, des rouleaux de printemps et des craquelins de riz.

— C'est trop cool! s'écrie Jade.

— Attendez! répond Isabelle. La fête n'est pas encore commencée.

Elle se dirige vers la chaîne stéréo et fait jouer de la musique dansante à plein volume.

— *Là,* elle est commencée! crie-t-elle.

Soudainement, les filles se mettent à danser, à manger et à rire en même temps.

Olivia les regarde. Elle n'est pas à l'aise de danser. Elle ne suit pas des cours de ballet, comme Jade et Zoé. Elle a déjà essayé de répéter devant son miroir des mouvements de danse qu'elle avait vus sur des vidéoclips, mais elle n'a jamais beaucoup eu le sens de la coordination. Elle pourrait faire semblant d'avoir très faim et de rester près de la table, mais sa bouche est si sèche que ça lui prendrait une éternité pour manger une croustille.

Dépêche-toi, Rosalie, implore-t-elle.

Elle n'est pas aussi timide lorsque Rosalie est là — probablement parce qu'elle est trop occupée à rire de Rosalie, et qu'elle en oublie de se faire du souci.

Quelques minutes plus tard, la mère d'Isabelle ouvre la porte de la cuisine et crie :

— Isabelle ! Tu as une autre invitée !

Rosalie est enfin arrivée!

C'est Rosalie !

Le cœur d'Olivia s'emplit de joie. Maintenant que sa meilleure amie est là, elle peut se détendre pour vrai. Elle sourit à Rosalie, mais celle-ci ne semble pas l'avoir vue. C'est peut-être à cause de l'obscurité de la pièce.

Plutôt que d'aller rejoindre Olivia, Rosalie se met à danser avec les autres.

Olivia la regarde avec incrédulité.

Pourquoi Rosalie ne la cherche-t-elle pas ? La première chose qu'elle aurait faite, elle, aurait été d'aller retrouver son amie pour la saluer.

Pourquoi Rosalie ne m'a-t-elle pas vue ?

En fait, la deuxième chose, après avoir souhaité «bonne fête» à Isabelle.

Mais encore, bien que Rosalie soit polie envers Isabelle, pourquoi ne vient-elle pas rejoindre Olivia pour lui parler et lui proposer de danser?

Elle se verse un verre de limonade qu'elle s'efforce de boire lentement, à très petites gorgées. Elle veut voir combien de temps elle pourra faire durer son breuvage avant que quelque chose ne se produise.

La danse ne semble pas vouloir s'arrêter. Olivia essaie d'y participer en bondissant et en se déhanchant comme les autres, mais elle n'est pas à l'aise. Elle a l'impression que ses mouvements sont saccadés et incohérents, et elle s'attend à ce que quelqu'un la voie et pouffe de rire. Mais personne ne la remarque. Ou si ses amies ont remarqué à quel point elle danse mal, elles ne semblent pas en faire un plat. Olivia les observe attentivement et essaie de les imiter, mais c'est difficile !

— C'est amusant, n'est-ce pas ? dit Jade en riant.

Amusant ? pense Olivia. La danse est peut-être innée chez Jade, mais Olivia doit se concentrer très fort pour ne pas commettre d'erreurs.

Ça se poursuit jusqu'à ce que Annie descende enfin et éteigne la musique. Tout le monde proteste et supplie Annie de remettre la musique. En fait, tout le monde, sauf Olivia. Elle mérite une petite pause.

— D'accord, calmez-vous, dit Annie. Vous aurez amplement le temps de danser plus tard. Le souper est prêt.

L'ambiance change automatiquement.

Les filles qui étaient mécontentes de devoir s'arrêter de danser réalisent soudainement qu'elles sont affamées.

— Allons-y! s'écrie Isabelle en prenant la tête du groupe vers la cuisine.

Olivia traîne derrière.

Annie a disposé plusieurs petits bols sur la table de la cuisine. Olivia remarque que chaque bol contient un aliment différent: des champignons tranchés, du fromage râpé, des tomates en dés, des lanières de

jambon, des oignons, des ananas, des poi-
vrons rouge et vert... et devant chaque
chaise, il y a une assiette recouverte d'une
pâte circulaire.

— OK, dit Annie. Nous cuisinons des
pizzas pour souper!

Olivia sourit. Enfin quelque chose qu'elle
est capable de faire. Elle prépare tout le
temps les pizzas avec sa mère. Elle s'assoit
entre Jade et Zoé — Rosalie est assise à côté
d'Isabelle — et les aide à répartir la sauce
uniformément sur la pâte avant d'y déposer
leur garniture.

Jade et elle décident de fabriquer des
visages sur leur pizza. Olivia vient à peine de
terminer la bouche avec un poivron rouge
lorsqu'Annie les interrompt.

— Qui est prête à cuire la sienne ?
Isabelle ? Qui d'autre ? — oh mon Dieu,
Rosalie ! Qu'est-ce que tu as fait ?

Olivia lève les yeux. Contrairement à sa
pizza, dont la garniture est bien étalée et
ordonnée, celle de Rosalie ressemble à un
énorme monticule de fromage et de jambon.

— Je ne sais pas si ça va entrer dans le
four, l'informe Annie. Es-tu certaine de pouvoir manger tout ça ?

— Oh oui, répond Rosalie. J'ai un bon
appétit.

— Parfait, dans ce cas, rétorque Annie,
peu convaincue.

Elle prend les pizzas d'Isabelle et de
Rosalie pour les faire cuire, et rapporte du
pain à l'ail frais et chaud.

— Je peux seulement cuire deux pizzas à la fois, dit-elle. Alors pendant que vous attendez, vous pouvez manger du pain et de la salade.

Olivia et Jade se lèvent d'un bond et aident Annie à débarrasser la table des ingrédients qui ont servi à préparer les

Rosalie est tellement énervante!

pizzas, puis elles déposent des assiettes propres pour la salade. Olivia est heureuse de pouvoir se rendre utile, mais l'attitude de Rosalie commence à l'irriter.

Pourquoi est-elle assise là avec Isabelle, à parler trop fort et à se donner de l'importance comme si c'était *son* anniversaire? A-t-elle l'intention d'ignorer Olivia toute la soirée?

Chapitre
* huit *

Les pizzas sont délicieuses. Olivia échange une pointe de sa pizza avec celle de Jade, mais trouve encore que la sienne est meilleure. Olivia remarque que Rosalie ne mange que la moitié de sa pizza avant de se mettre à gémir. Et même là, elle agit en « m'as-tu-vue ? ».

— Trop... de... fromage, hoquette-t-elle en caressant son ventre. Je... dois... arrêter... de... manger...

Les autres rient, mais Olivia regarde ailleurs.

— Êtes-vous prêtes pour le gâteau? demande Annie. Ou devrais-je vous laisser plus de temps pour digérer?

— Oh, on veut le gâteau maintenant! dit Isabelle.

— Oui, le gâteau! ajoute Rosalie, qui semble soudainement avoir oublié son ventre plein.

Annie va chercher des assiettes et un couteau. La sonnette retentit au même moment.

— Oh non, ronchonne Jade. Ça doit être mon père qui vient me chercher.

— Mais pas avant d'avoir mangé le gâteau, non? dit Isabelle.

Annie apporte le gâteau sur la table.

Il s'agit d'un fondant au chocolat épais et onctueux.

— Je vais manger du gâteau, c'est sûr ! dit Jade.

La sonnette retentit à nouveau.

— Isabelle ! dit Annie. Tu n'as pas encore répondu à la porte ?

— Oups !

— Ne t'inquiète pas, je vais y aller, dit Olivia en regardant les autres à la ronde. Aurélie et Zoé rient de quelque chose, tandis qu'Isabelle et Rosalie ricanent ensemble. Une fois que Jade sera partie avec son père, Olivia sera encore mise à l'écart.

Les chandelles sont allumées, les invités chantent « Bonne fête » et chacun mange sa part du gâteau — y compris le père de Jade et sa sœur, Maeva, qui l'a accompagné. S'ensuit un court moment de silence.

Mis à part le murmure des gens qui font « Mmm ! » après chaque bouchée, la pièce est silencieuse.

Olivia se souvient qu'elles avaient parlé de regarder un DVD. Elle espère que ce sera leur prochaine activité. Elles pourraient ensuite s'asseoir dans la noirceur et se raconter des histoires jusqu'à ce qu'elles soient obligées d'aller se coucher. Ce serait bien.

Mais soudain, Jade, Maeva et leur père se lèvent pour partir. Dès qu'elle a refermé la porte derrière eux, Isabelle dit :

— Venez, les filles. Je veux vous montrer ce que j'ai reçu pour mon anniversaire.

Elles se dirigent en masse dans la chambre d'Isabelle. Là, dans un coin, se trouve un objet qu'Olivia n'avait pas remarqué, une...

— Une machine de karaoké! crie Aurélie en tapant des mains.

— Et ce n'est pas tout, ajoute Isabelle. Regardez ce que ma tante m'a envoyé.

Elle prend une petite valisette rose.

— Qu'est-ce que c'est? demande Rosalie.

— Je le sais, dit Zoé. C'est une trousse de maquillage *Jolie petite princesse!*

— Ouais, répond fièrement Isabelle en ouvrant la valisette pour leur montrer ce qu'elle contient.

Il y a plusieurs petits flacons et tubes, ainsi que des plaquettes de poudre de toutes les couleurs.

— Regardez, dit Isabelle. Du rouge à lèvres, de l'ombre à paupières, du fard à joues, du mascara, de la crème à brillants et trois vrais parfums.

— *Cool,* soufflent les autres filles.

— Alors, voici ce qu'on va faire, explique Isabelle. Nous allons d'abord nous mettre sur notre trente-et-un. Et puis, nous donnerons un spectacle !

Oh, oh ! pense Olivia.

Chapitre

neuf

Tandis que les autres filles s'attroupent autour de la trousse de maquillage d'Isabelle et s'obstinent à savoir quel rouge à lèvres ira le mieux à chaque fille, Olivia s'appuie maladroitement contre le mur.

Elle a toujours pensé que c'était ridicule de se maquiller. C'est trop *adulte*, mais pas dans le bon sens du terme.

Sa mère porte rarement du maquillage, et lorsqu'elle le fait, elle ne semble pas trouver ça drôle, ni même joli. C'est trop compliqué !

Sa mère passe une éternité dans la salle de bains à plisser les yeux devant le miroir et à soupirer en disant : « *Encore* raté ! »

Olivia a décidé qu'elle ne se maquillerait jamais, et elle croyait que ses amies pensaient comme elle.

Elle ne s'attendait pas à ce qu'elles s'enthousiasment pour la trousse de maquillage d'Isabelle comme s'il s'agissait de la huitième merveille du monde.

Elle regarde le réveille-matin à côté du lit d'Isabelle — il est à peine dix-neuf heures ! Sa mère est probablement encore au cinéma. Olivia ne l'appellera *pas*. C'est hors de question.

Peu importe ce qui arrive, elle va tenir le coup jusqu'à la fin...

— Hé, Olivia, viens ! dit Isabelle. J'ai terminé avec ce rouge à lèvres. C'est à ton tour.

Olivia rejoint le groupe.

Ça va aller, se dit-elle intérieurement. C'est juste un jeu.

Elle laisse Aurélie lui mettre de l'ombre à paupières, puis elle aide Zoé à étaler des brillants à partir du coin de ses yeux. Du moment qu'elle oublie que c'est du maquillage, c'est plutôt amusant — c'est comme peindre ou faire de l'art. En fait, elle découvre qu'elle est la plus douée pour mettre du rouge à lèvres comme il faut. C'est donc elle qui maquille les lèvres des autres.

Elle s'apprête à terminer le maquillage d'Aurélie lorsqu'elle entend Isabelle s'impatienter.

— Si tu ne prends pas ça au sérieux, Rosalie, alors ne le fais pas !

Les autres regardent Rosalie et remarquent qu'elle a mis beaucoup de maquillage. Elle ressemble à un clown. Une de ses paupières est bleu foncé jusqu'au dessus des sourcils. L'autre est vert clair. À l'aide d'un crayon, elle a dessiné sa bouche deux fois plus grosse qu'elle ne l'est en réalité, et a recouvert ses joues de cercles de fard à joue rose vif.

Rosalie est encore énervante!

— Quoi ? dit-elle d'une voix innocente, mais l'air étrange.

— Tu t'en moques ! dit Isabelle en tapant du pied. Tu essaies de faire des blagues avec mon maquillage, et ce n'est pas — c'est censé être beau !

Et à la surprise de tout le monde, elle se précipite hors de la pièce.

Elles regardent Rosalie. Leurs visages affichent un air de stupéfaction.

Isabelle est très fâchée !

— Je ne l'ai pas fait exprès, murmure Rosalie. J'ai récemment lu quelque part que les chanteurs, lorsqu'ils sont sur scène, doivent mettre plus de maquillage qu'une personne normale. Je croyais que j'aurais l'air *cool*.

En fait, Olivia se sent mal pour son amie. Rosalie a tellement l'air honteuse et gênée.

— Ça va, Rosalie, la rassure Olivia en allant s'asseoir à côté d'elle. Tiens, je vais t'aider à arranger ça. Isabelle va comprendre.

— Ouais, ajoute Zoé. Je vais aller la voir et lui dire que c'était une erreur.

— Je viens avec toi, dit Aurélie.

— Merci, dit humblement Rosalie.

Puis Rosalie et Olivia se regardent en silence pendant un moment.

— Elle était vraiment fâchée, finit par dire Rosalie. Je ne l'ai pas fait exprès, tu sais.

— Je sais, répond Olivia en tentant d'enlever un peu de maquillage sur le visage de Rosalie.

Rosalie pousse un soupir.

— Je deviens parfois si enthousiaste, dit-elle tristement, que j'en oublie les autres. J'aimerais être différente. J'aimerais être posée comme toi.

Olivia la regarde avec étonnement.

— Tu aimerais être comme *moi*?

— Ouais, regarde-toi, lance Rosalie. Tout le monde t'aime, tu ne fais jamais de peine à personne, tu aides toujours les autres. Tu n'aurais pas mis Isabelle en colère comme je l'ai fait.

— Non, mais c'est parce que je suis ennuyeuse. Je ne fais pas rire les gens comme toi. Et je vais te confier un secret, si tu promets de ne pas le révéler...

Rosalie hoche la tête.

— Je ne suis pas si posée que ça, chuchote Olivia. Si je suis tranquille, c'est parce que je ne sais pas quoi faire et que je suis mal à l'aise. C'est bête, non ?

— C'est moins bête que de toujours être énervante, dit Rosalie.

— Tu n'es pas énervante, réplique Olivia d'un ton ferme.

Et malgré tout ce qui est arrivé, elle le pense vraiment.

Chapitre dix

Isabelle revient avec Zoé et Aurélie au moment où Olivia étale une traînée de brillants sur les joues de Rosalie.

— Hé, je te demande pardon, Isabelle, dit Rosalie.

— Ne t'en fais pas pour ça, répond Isabelle. Je suis désolée d'en avoir fait tout un plat. Mais tu es très jolie maintenant.

— Ouais, se réjouit Rosalie. Olivia a fait du bon travail.

— Bien, venez, dit Aurélie. On joue au karaoké, oui ou non?

Zoé et Aurélie transportent la machine dans le salon pendant qu'Isabelle prend les disques compacts dont elles auront besoin. Olivia traîne. Elle ne veut pas les suivre.

— Tu viens? demande Rosalie une fois que les autres sont sorties.

— Bien... répond Olivia. Écoute, je déteste danser, mais je ne l'ai pas montré. Je croyais que je détestais le maquillage, mais en fait, j'ai vraiment aimé ça. Mais chanter? Devant *tout le monde*? C'est hors de question. Je n'y arriverai pas, Rosalie.

— Mais tu as une belle voix. Je t'ai déjà entendu chanter.

Olivia rougit.

— C'est différent quand on est juste nous deux ou que je suis seule. Mais je t'en prie, Rosalie. Je vais mourir si je chante devant d'autres personnes.

— Alors ne le fais pas, dit Rosalie.

— Mais si, Isabelle...

Rosalie l'interrompt.

— Ne t'inquiète pas avec ça. Je vais trouver une solution. Après tout, je suis ta meilleure amie, n'est-ce pas ?

— Ouais, répond Olivia avec gratitude. C'est certain.

Rosalie avait raison — Isabelle n'est pas fâchée qu'Olivia ne veuille pas chanter. À la place, elle a mis Olivia responsable de la musique pendant que les autres chantent. Et, étonnamment, elle adore ça ! Les filles chantent et dansent chacune leur tour, puis elles saluent la foule et lui soufflent des baisers après chaque chanson.

Olivia crie et applaudit aussi fort que les autres.

En fait, à sa grande surprise, lorsque Rosalie lui demande de chanter un duo avec elle, Olivia accepte ! Bien sûr, connaissant Rosalie, il s'agit d'une chanson loufoque, mais ça plaît à Olivia.

Les autres filles applaudissent au moment où Olivia se dirige à l'avant avec Rosalie. Pour une fois, Olivia ne rougit pas et ne souhaite pas s'enfuir à toutes jambes.

Elle regarde ses amies qui tapent des mains et chantent, puis elle réalise que c'est sans importance si elle fait une erreur ou qu'elle chante vraiment mal. Ses amies sont trop sympas pour faire attention à ces détails! Après tout, il s'agit d'une fête et non d'un spectacle d'école!

Elles chantent et chantent. Puis Annie vient les voir et les informe qu'il est trop tard maintenant pour écouter de la musique, et qu'elles devraient plutôt mettre leur pyjama et regarder le DVD en prenant une collation. Leur «collation» consiste à manger davantage de gâteau, mais cette fois-ci, elles l'accompagnent de fraises et d'un verre de lait.

— Ahhh, souffle Aurélie, satisfaite. Il n'y a rien de meilleur que du gâteau avec un verre de lait.

Olivia est d'accord. Elle est épuisée, et ça fait du bien de pouvoir s'asseoir ensemble au chaud dans leur pyjama en attendant qu'Isabelle fasse démarrer de DVD. Elles ont déroulé leurs sacs de couchage et se blottissent contre leurs oreillers en picorant leur gâteau et leurs fraises.

Ça prend un certain temps avant de déterminer à quel endroit va coucher chaque fille. Personne ne veut être près de la porte. Au bout du compte, elles décident de dormir en cercle et placent leur oreiller au centre afin de pouvoir bavarder avant de s'endormir.

Olivia n'est pas près de s'endormir! En plus d'être rassasiée de gâteau et de glaçage, elle déborde de joie en pensant à quel point elle a été courageuse de chanter. En fait, tout ceci s'apparente à un camp scolaire — mais sans les professeurs qui leur ordonnent de se taire.

Comment parviendront-elles à s'endormir?

— Alors, Isabelle, dit Zoé. Tu nous fais jouer un film romantique ou un film d'horreur?

— Les deux! répond Isabelle.

— Qu'est-ce que tu veux dire?

— Vous verrez.

Après le générique du début, le nom du film apparaît à l'écran: *Rendez-vous avec un loup-garou.*

— Ha! Bien joué, Isabelle! s'esclaffe Rosalie.

Le film est à la fois épeurant et rigolo, mais Olivia ne connaîtra jamais le dénouement de l'histoire puisqu'elle s'endort avant la fin.

Chapitre
*onze

Le lendemain matin, Olivia se réveille avec un goût désagréable et pâteux dans la bouche. Puis, elle remarque que son oreiller est recouvert d'étranges taches de différentes couleurs.

Elle se souvient ensuite à quel endroit elle se trouve et se redresse subitement dans son sac de couchage.

Les corps endormis de ses amies sont éparpillés autour d'elle, et les assiettes de gâteau à demi terminé gisent sur le sol entre chaque fille.

Bien sûr ! Elle est allée se coucher sans s'être lavé les dents et le visage. Le maquillage de Rosalie a coulé sur ses joues et son oreiller. Elle réalise qu'elle doit probablement avoir la même tête.

L'espace où Zoé a dormi cette nuit est vacant. Elle doit s'être levée très tôt pendant qu'elles dormaient, et être partie avec sa mère.

Olivia s'étire et se rend compte à quel point elle a eu chaud dans son sac de couchage. Elle a vraiment envie d'aller à la toilette. Si seulement Rosalie se réveillait, elles pourraient aller à la salle de bains ensemble.

Tant pis, pense-t-elle. Ça m'est égal. Je peux y aller toute seule.

Pendant qu'elle y est, elle en profite pour enlever son maquillage et se sent un peu mieux. Lorsqu'elle passe devant la cuisine et le salon, elle constate qu'Annie est debout et qu'elle fait chauffer une poêle à frire sur la cuisinière.

— Bonjour Olivia, dit-elle. As-tu réussi à dormir?

— Un peu. Nous nous sommes couchées très tard, par contre.

— Oui, je vous ai entendues, s'esclaffe Annie. Bien, voudrais-tu aller réveiller les autres? Dis-leur que je suis en train de vous préparer des crêpes.

L'odeur des crêpes s'est répandue dans le salon lorsqu'Olivia s'en retourne. Les autres se réveillent et gémissent.

— Oh, je suis fatiguée, dit Isabelle en bâillant.

Elle se lève partiellement, puis elle se laisse retomber sur le dos.

— Moi aussi, ajoute Aurélie en s'étirant.

— Moi aussi, poursuit Rosalie. Hé — Zoé est partie ! Et où est Olivia ?

— Je suis ici. Annie dit que c'est l'heure de vous lever parce qu'elle prépare des crêpes.

— Des crêpes ? lance Rosalie, qui a déjà commencé à manger le restant de gâteau à côté d'elle. Super !

— Et les cadeaux, dit Aurélie. Tu dois ouvrir tes cadeaux avant que nous partions, Isabelle.

— Oh oui !

Le déjeuner est délicieux. Annie a déposé sur la table du sirop d'érable, de la crème fouettée, des fraises, des bananes, des citrons frais, du miel, de la confiture d'abricot et une grande carafe de jus d'orange. Pendant qu'elles s'installent à la table, boivent du jus d'orange et se réveillent tranquillement, Annie apporte les crêpes les unes après les autres.

Waouh!
Des crêpes!

Rosalie invente ce qu'elle appelle le *Déjeuner de fête Miss Isa*, qui consiste en fait à rouler une crêpe autour d'un gâteau d'anniversaire écrasé, avec de la crème et des fraises. Annie trouve ça dégoûtant, mais les autres filles l'essaient et c'est délicieux.

Puis, Isabelle reçoit ses cadeaux et les ouvre pendant que les autres regardent.

— Tu n'es pas obligée d'ouvrir le mien, se plaint Rosalie. Ce sont des livres. Ce sont toujours des livres. Maman ne me laisse jamais donner autre chose.

— Oh, mais j'adore cette collection, dit Isabelle en déchirant le papier. Et en plus, je n'ai pas lu ceux-là.

Les autres filles lui ont offert un disque compact, un agenda *Jolie petite princesse* et une boîte de perles pour fabriquer des colliers.

Il ne reste plus que le cadeau d'Olivia à ouvrir. Olivia se mord la lèvre tandis qu'elle remet son cadeau à Isabelle. Elle croit encore que c'est le cadeau idéal, mais cela la gêne qu'Isabelle l'ouvre devant tout le monde. Est-ce qu'Isabelle l'aimera autant qu'elle?

Isabelle passe une éternité à défaire le ruban, sans succomber à la tentation de le couper avec des ciseaux. À chaque seconde qui passe, les autres filles deviennent de plus en plus impatientes de savoir ce qui se trouve à l'intérieur. Et Olivia est de plus en plus nerveuse. Le ruban finit par se défaire. Au moment où Isabelle retire la boule neigeuse de l'emballage, Olivia entend les autres autour de la table soupirer *Oh !*

Isabelle ne dit rien — elle regarde la licorne cambrée au milieu d'une tempête de neige.

Lorsqu'Annie vient porter une autre crêpe sur la table, elle voit ce qu'Isabelle tient dans ses mains.

— Oh, Olivia, c'est magnifique, dit-elle. Comment as-tu fait pour savoir que la licorne est l'animal préféré d'Isabelle ?

Olivia rougit et baisse la tête.

— Alors, tu l'aimes ?

— Je l'adore, dit Isabelle. Merci !

Ensuite, tout se passe trop vite. La mère d'Olivia arrive, ainsi que celle d'Aurélie. Les filles doivent se précipiter dans le salon pour ramasser leurs choses. Le père de Rosalie arrive pendant qu'elles enfouissent leurs sacs de couchage dans leurs étuis. Le sol est encore recouvert d'oreillers, de verres de lait vides et d'assiettes de gâteau.

Hier soir, la pièce était si éblouissante. Aujourd'hui, ce n'est qu'un salon ordinaire. Bien, un salon ordinaire en désordre avec beaucoup de décorations!

Après qu'elles se soient changées, Isabelle attrape des poignées de rubans et tire sur les ballons à l'hélium qui flottent au plafond.

— Emportez-en quelques-uns chez vous, les presse-t-elle. Et du gâteau, aussi. C'est trop pour maman et moi.

C'est ainsi qu'elles s'en vont les unes à la suite des autres, transportant du gâteau et des ballons et saluant Isabelle et Annie en levant la main en l'air.

— Comment vas-tu? demande la mère d'Olivia lorsqu'elles montent dans la voiture. Comment c'était?

— C'était bien, répond Olivia en s'adossant sur son siège. Très bien.

Ses paupières sont lourdes et elle ne peut s'empêcher de fermer les yeux. Sa mère rit et lui donne une petite tape sur la jambe.

— Tu as l'air épuisée, dit-elle. Je vais conduire, et on parlera plus tard, si tu le veux.

— Non, non, dit Olivia, en essayant de s'asseoir droit et d'ouvrir les yeux. Je veux tout te raconter maintenant. Nous avons *tout* fait. Et maman — tu sais quoi? J'ai même fait du karaoké!

— Et je suis certaine que tu as été fantastique.

— Ouais, je crois que je m'en suis bien sortie.

— Et quoi d'autre?

Elle lui raconte tout en détail: les visages sur les pizzas, ses nouveaux talents de maquilleuse, la recette de crêpe de Rosalie...

— Dès que nous rentrons à la maison, je vais appeler Isabelle, dit-elle gaiement. Je dois lui dire à quel point sa fête était une réussite.